LESTER F. BALLESTER

EL MILENIO DEL RUMOR

NARRATIVA

COLECCIÓN INDICIOS

EL MILENIO DEL RUMOR

© LESTER F. BALLESTER

Andrea Vergara G.
Editora

Andrés Pascuas Cano
Director editorial

© Yanetsy Ariste
Monotipia, de la serie Ensoñaciones, 2023
Obra de portada

© Yudier Gamboa
Foto de autor

Nueve Editores SAS
Cuidado de textos
Diseño y maquetación

Primera edición, abril 2024

ISBN: 978-628-95323-6-4

www.nueveeditores.com

Colección Indicios

Todo lo que decía, aún en su gran asombro sentimentalista, trajo a mi memoria el recuerdo de algo: una esquiva cadencia, un fragmento de las palabras perdidas, que yo habría escuchado en alguna parte, mucho tiempo atrás. Por un momento una frase quiso tomar forma en mi boca, y mis labios se entreabrieron como los de un mudo, como si el obstáculo que hallarán fuese algo más que un poco de aire acorralado. Pero no salió ningún sonido y lo que casi había recordado se hizo incomunicable para siempre.

F. Scott Fitzgerald, *El gran Gatsby*

En un árbol frondoso

El extraño hombre, cubierto de pieles y con la nieve asentada en los hombros, picó de un tajo la última cabeza de sus prisioneros. Un bulto de decapitados reposaba justo al lado del gran árbol, donde él y su familia colgaban las cabezas como adornos navideños.

Algún día de estos me voy a procurar de un castillo en Estocolmo, o quizás una vieja abadía, con una gran biblioteca. Llegado el momento circularé por toda Latinoamérica un anuncio que rece:

> *Busco mujeres que quieran ser secuestradas. No se preocupen, soy un buen bibliotecario.*
>
> *Atentamente,*
>
> *Jorge de Burgos.*

El juicio final

El dedo de Dios dictó sentencia: moriría aplastada.

Una vez realizada la ejecución, la colonia de hormigas supo proporcionar un digno sepelio.

Migración

El negro, bajo el sureño sol, sintió cómo las ramas del algodón le rajaban la carne mientras escapaba.

La cimarrona corrió por el inmenso cañaveral sintiendo a una respiración de distancia los colmillos de los perros.

Tanto corrieron que se encontraron uno con el otro en un bosque de Siberia.

Elisardo era un gallego bueno, vino a Cuba detrás de dinero y mujeres. En la isla consiguió un poco de fortuna y una buena mulata. No pasó mucho tiempo y tuvo hijos, unos mellizos lengua mocha y blanquitos. Un día, se fue a Galicia a restregar su éxito, pero la suerte no tiene dueño y no pasó mucho tiempo antes de regresar. A su vuelta, la mulata le enseñó un niño: «Estaba embarazada cuando te fuiste», se apresuró en contarle.

Elisardo agarró a los mellizos y se regresó para España.

—Habrase visto gallego con hijos negros. —Fue rezongando todo el viaje.

Canibalismo

El náufrago después de la tormenta fue a recalar a las orillas del Sahara. Solo, hambriento e insolado, no le quedó otro remedio que adentrarse en el desierto. Errante, pasó dos años buscando salir de las dunas. Cuando logró ser rescatado, contó que, para sobrevivir, tuvo que comerse su sombra.

—Nunca pensé en confiar en una persona como usted.

—¿Qué clase de persona soy?

—Una de las que llaman «perdidas» —dijo, sin titubear, el hombre de mirada intensa.

El señor Hearst se paseó por su despacho. Detrás de la mesa había un amplio ventanal con vistas al jardín. Mirando las rosas desde el segundo piso agitaba la copa de brandy. No era un hombre alto, ni apuesto, pero era egocéntrico; su dinero lo hacía sentir importante. Ana —sentada en una de las butacas, bebía pequeños sorbos de whiskey— era bella, tenía una piel intensamente blanca, unos ojos azul viento que la proveían de un cierto enigma difuso que era capaz de hacer sentir a cualquier hombre perdido. No muy lejos de la vista panorámica de la ventana estaba el coche que la había traído.

—No sé las demás, pero yo estoy bien hallada. —La señorita se acercó al ventanal.

—Por eso la necesito. —Hearst todavía miraba el jardín.

—Lo escucho. —Ana, impasible, se detuvo a su lado.

—Quiero… —Trató de mirarle la cara, pero solo vio las tetas, unas enormes cumbres de piel.

—¿Qué quiere? —Ella se acercó lentamente y le besó el cuello mientras le metía la mano en los pantalones y lo acariciaba.

El señor la miró detenidamente y la agarró por la cintura. A jalones desató el corsé, las tetas quedaron al aire, y una leve brisa que se coló por debajo de la puerta le puso los pezones sensibles y duros. Hearst besó la boca, el lunar, chupó los pezones y le agarró las nalgas. Desde el jardín se podía ver la escena de los amantes apoyados contra el vidrio. En un movimiento impulsivo, el vestido de la señorita subió hasta el cuello y el pantalón de Hearst cayó al piso. Un gemido, lento y pausado atravesó la habitación, y se repitió hasta que el vidrio en el movimiento repetitivo se cuarteó y ella lanzó un pequeño grito de placer, para, jadeante, estremecerse en otros gemidos menguantes. Ambos se miraron por un momento, en el que ella besó como una fugitiva los labios del señor, y todo lo que había pasado en la habitación se convirtió en prohibido.

Hearst se subió los pantalones e inamovible retomó su copa de brandy para beber un par de tragos. Recostado en la pared recobró el aliento. Ana se bajó el vestido y cerró el hilo del corsé hasta donde pudo.

—El próximo día veinticinco de este mes entrará a La Habana un acorazado de segunda clase... un USS... quiero que lo hundas.

—Eso puede llevarme a prisión… Es la muerte, si me descubren.

—Pagué muy bien para que todo se mantenga en el absoluto silencio.

—¿Habrá muertos?

Hearst le dio la espalda, de una pequeña cajita sacó un fajo de billetes.

—Lo más probable, pero lo harás cuando casi todos estén en tierra, de fiesta. Me aseguraré de eso. —Mientras se sentaba, puso el mazo de dólares sobre la mesa—. La otra parte es después, tendrás un extra si todo sale conforme a lo que quiero.

—No es una mala oferta. —La señorita dejó la ventana y se acercó a la mesa—. Me quedo con el trabajo. Pero… ¿por qué quiere hacer esto?

El magnate abrió una caja de tabacos que estaba en la gaveta, se levantó de su trono y caminó hasta ella. Del bolsillo de su chaqueta sacó una pequeña guillotina y picó la punta del cigarro.

—¿Sabes de dónde es este tabaco?... —Ana negó—. De Cuba, el mejor tabaco del mundo. —Hearst fumó un poco—. Es una fuente de dinero… Pero viene de un país en guerra… y una guerra sin nosotros no genera noticias, mucho menos ventas. Hace falta, claro, la paz, nuestro ejército puede ir a pacificar ese lugar ¡Tabaco y titulares, la combinación perfecta! Qué bajas podemos tener ante los españoles y un montón de salvajes. Es un paseo que ingresará millones… Mi yate privado te llevará, irá en función de corresponsal de guerra. —Mientras exhalaba, una nube de humo envolvió al magnate—. El USS ya estará allí, anclado. Mi contacto en la Casa Blanca me lo confirmará pronto. Debe ser el acorazado Maine, un barco de negros en su mayoría… El capitán está de nuestra parte, pero lo primordial… —Y aspiró otra bocanada enorme del habano— es que debes actuar el 15 de febrero, por la noche.

La fecha retumbó como un cántico sepulcral, para ser acompañada —en un eco desconcertante— por un vidrio que cedió ante el viento. La fuerte ráfaga rompió lo poco de silencio que quedaba, y dispersó los pedazos de cristal, como trozos de muerte.

Las noches en La Habana tenían cierto misterio, un sabor diferente, algo entre elegancia y suciedad; era la misma sensación que tenía New Orleans o Cartagena de Indias. En una ciudad así, Ana no podía ser una puta de burdeles, un marinero negro no tenía para pagarlos. La esencia de vagar por los muelles del puerto, escasa de ropa, metida en su papel, podía procurar una fuente de deseo y lujuria que la subiera en el barco.

No muy tarde, no muy borracho, apareció un solitario marinero, con una botella de ron en la mano, dándose pequeños tragos y con la mirada perdida en el mar. Ana, con dos miradas evidentes y un poco de piel descubierta, fue capaz de atraerlo. Era un negro, precisamente de Maine, y era de esos, de los charlatanes, de los reales charlatanes. Decía que era pelotero, que tenía trofeos. Le juró que podía llevarla a conocer el barco, que nadie le diría nada, y después de casi una hora de alarde, en un bote de remos, atravesaron la bahía. La oscuridad guardaba un profundo silencio. Solo se escuchaba el rumor de la ciudad. El agua negra arrastraba botellas vacías, pedazos de madera, desechos de los barcos, e incluso alguna que otra pobre alma vagante, que se había ahogado en la bahía pestilente, llena de mierda. Anduvieron seguidos por las sombras hasta que la barca chocó con el acorazado. Cerca de la proa había una escalera retráctil por la que ambos subieron. Esa noche ni siquiera una guardia completa vigilaba cubierta. Al barco lo envolvía una sensación de vacío solo comparable con la soledad de un alma en el desierto. Ana, con mucha incomodidad, pero disimulando, cargaba en su entrepierna media barra de dinamita, cantidad suficiente para hacer una gran combustión del carbón.

El marinero, casi a la carrera, llevó a la puta por todo el barco. Entre un negro y una puta las clases sociales se equiparaban, y Ana, habituada a sentirse manchada por aquella piel, reía como en una historia de ficción y pretendía estar feliz cuando, en cada rincón oscuro que había en el camino, el negro la metía y la manoseaba, solo para ella hacerle creer que sentía placer. Cuando el relajo de los pasillos terminó, y se encontraron frente a una gruesa puerta de hierro que el marinero abrió, Ana se dejó entrar cargada, y cayó en la cama con las piernas abiertas. El marinero se quitó la camisa de faena y se acercó cerrando la puerta de una patada. Besos en el cuello, en los labios, las manos recorriéndole las caderas y las nalgas, apretándola duro contra sí, y cuando se dispuso a sacar el cordón que sostenía el pequeño pantaloncillo y meter la mano, Ana abrió los ojos, apretó las piernas sobre la cintura del negro, y este que creyó que aquel agarre era otra prisa del sexo; murió con un puñal clavado en el cuello.

La puta más que experimentada en estos asuntos, empapada en sangre y casi desnuda, cerró la puerta y corrió hasta el fondo del barco, a los motores, a los almacenes de carbón. En el camino, no hubo ni sombras que la detuvieran porque allá abajo no había nadie, solo el calor de las calderas, y el carbón amontonado, grandes pilas negras que por cada brisa que lograba llegar tan al fondo, desprendían una fina capa de polvo que casi no la dejaba respirar. Tosiendo frenéticamente logró sacar la dinamita que tenía pegada a su sexo y la puso suavemente en el piso metálico, prendió la mecha con una de las tantas flamas que salían de la escotilla de la caldera. Tomó un overol que estaba colgado en un estante, se embarró la cara de tizne y subió lo más rápido que pudo. Pronto estallaría.

No esperó a estar siquiera cerca de la baranda para saltar al mar. Cuando el oficial de cubierta la vio, era muy tarde. Fue solo un segundo entre la figura que se lanzaba hacia el agua y la explosión que partía al barco por el medio. El silencio, violado por la explosión, reventó el cristal de los comercios cercanos. La Habana se estremeció. Esa noche el mar echó fuego al cielo, y una hecatombe de gritos descontinuados, sacudió la poca paz de la Isla. En la Cabaña hubo tal zafarrancho de combate, que unos disparos de cañón perturbaron las aguas en calma del Caribe, algunos capitanes alarmados pensaron que los mambises invadían la ciudad por mar. Eran cerca de las diez, cuando el sereno se preparaba para dar la hora.

El señor Hearst se detuvo frente al librero, buscaba algo. No paraba de tararear una vieja melodía que había aprendido en su infancia, siempre que la sonrisa de oreja a oreja lo dejaba. Ana, sentada en el mismo lugar que en la primera visita, tenía un aspecto terrible, el pelo desaliñado, la mirada vagante, la piel amarrilla. Estaba como en un trance, en un vacío en el cual —si todo se quedaba en silencio— se podía escuchar el grito de los marinos, el chapaleteo de los heridos que entre sangre y fuego trataban de llegar a la costa, las almas que se hundían en un manchón rojo, y los tiburones que atraídos por tanta carne descuartizada llegaban de a poco para terminar de rematar a los mal heridos, para comerse a los muertos.

Eran cerca de las nueve de la noche, una tosca campanada lo anunció; pronto vendría el sirviente con el whiskey. Hearst encontró lo que buscaba y comenzó a leer en voz alta.

—*(…) había sonado el toque de silencio, de pronto fuimos derribados por una fuerte explosión que apagó todo el alumbrado eléctrico del buque. Me incorporé y salí por la toldilla comprobando que las llamas procedían de la proa. Salté al mar y al poco, otro espantoso terrible ruido, que parecía iba a hacernos volar, mientras varios cuerpos caían al agua (…).*

—El barco estaba lleno de marineros —dijo Ana con la voz quebrada, con una lágrima corriéndole por la mejilla.

—Fueron años de trabajo. —Hearst caminó nuevamente hacia el estante y de un pequeño espacio lleno de periódicos comenzó a sacar viejos ejemplares—. *Los Ángeles Examiner, The Boston American, The Washington Times.* Todos en función de una verdad, esperé mucho para esto... ¡Esa fue la semilla del terror, el terror genera ventas, y tú la sembraste! ¡Recuerda algo... *I made the news!*

Los hombres de la isla, superados por el hambre y la decadencia, decidieron improvisar la vida; ya no había forma de ganársela dignamente. Por ese tiempo el gobierno, con mucho bombo y platillo, anunciaba el descubrimiento de una enorme mina de oro, que ayudaría a sacar la nación adelante. Para los hombres así fue, pronto comenzaron a sacar tierra de una finca cualquiera y vender la lata a ingenuos que creían que el oro se encontraba en el común suelo.

Cabañuela

Los dos guajiros se pararon en medio de la sabana. Con ojo avizor y un profundo análisis meteorológico, miraron al cielo. Al final de casi una hora en pie, con el sol reventando los potreros, se miraron y asintieron con un gesto de plena satisfacción. Pero el gesto fue apenas nada cuando a quinientos metros de ellos, vieron un rabo de nube descender y mutar en un estridente tornado que, sin miseria alguna y muy errático en sus movimientos, lanzó por los aires un par de vacas que pastaban en la pradera. Los dos hombres atendieron aquel asunto sin inmutarse por el fuerte viento, ni las reses que llovían alrededor suyo.

Cuando el evento hubo terminado los dos campesinos dieron media vuelta y enfilaron para el batey solo acompañados de la prudencial sentencia:

—Este año viene enmarañado.

Carroñero

El muchacho, carpintero de profesión y ladrón por necesidad, se coló en las ruinas del hotel. En silencio, subió las escaleras. No quería despertar a los fantasmas que vagan por los pasillos. Decantándose por lo fácil, obvió las puertas cerradas hasta dar con un cuarto abierto. Rebuscando entre lo abandonado solo encontró polvo, pero de una pared abierta asomó la buena calidad de la madera y vio su vida hecha. Emocionado, recurrió al viejo truco de tocar tres veces. Lo que no esperó, fue que del otro lado le respondieran.

En la frontera

[…] y conoceréis la verdad, y la verdad os hará libres.
Juan 8:32

Entramos al andén. Sophie va a mi lado. Me preocupa. Ella nunca ha hecho esto y aquí los sentimientos, las emociones, tienen que ser imperceptibles. Seguimos caminando, el tren pita, casi es hora. El humo de las locomotoras inunda el edificio. Una muchedumbre envuelta en vapor camina junto a nosotros, todo está lleno de maletas, hay demasiada gente que vuelve. Sophie me pincha con el codo y me indica con la cabeza que mire a la izquierda. Hay dos policías.

—Pasajeros con destino Moscú, favor de abordar el tren. —La voz del alto parlante da la indicación. Berlín está concurrido.

Apenas nos ven. Nos miramos por un momento y seguimos. Yo llevo la maleta cargada con algo de ropa y revistas, ella lleva mi portafolio y mi abrigo. En parte es por eso por lo que tengo tanto miedo, porque es ella la que tiene lo realmente importante. Solamente llevamos dos meses de casados, quizás sea muy poco, pero desde el momento en que se enteró quiso ser parte; desde que habló con la gente a cargo tuve miedo. Yo llevo haciendo esto por más de cinco años, tengo experiencia.

Montamos en el vagón. En nuestro pequeño compartimento viaja un anciano, al parecer solo. Usualmente, son más de cuatro por cabina y, esta vez, solo somos tres, me resulta extraño. Pongo la maleta arriba. Me quito el sombrero y lo dejo a mi lado. Veo a Sophie, se pinta los labios compulsivamente.

—¿Tú sabías que eso se gasta? —le digo y le sonrío mientras se lo quito con toda la calma del mundo, aunque se aferra como si fuera algo de lo que dependiera su vida.

—Sí, lo sé, pero tengo que entretenerme en algo y si los de la aduana me encuentran bonita nos ahorraremos unas cuantas molestias. —Me quita el labial.

El viejo duerme plácidamente, sus manos levemente arrugadas se sostienen una a la otra, tratando de recordar quizás la mano femenina, que hiciera juego con la alianza que porta. Sophie termina de maquillarse. Me ajusto el nudo de la corbata. Recuerdo la primera vez, sentía como si me ahogara y si era cuando pasaba una revisión era como si me estuvieran ahorcando. Sophie me agarra de la mano, me vira la cara y me peina cuidadosamente.

—¡Te amo! —La beso.

—No lo suficiente. —Se ríe y me vuelve a besar.

Recuerdo cuando le propuse matrimonio, fue una noche común, de regreso a su casa, las piernas me temblaban tanto que tuve que sentarme, ella solo guardaba silencio y esperaba las palabras. Sophie levanta el portafolios junto con el abrigo, de unos de mis bolsillos saca un librito de viaje, es una novela.

El tren avanza bastante rápido, hace rato dejamos la periferia de Berlín, prácticamente solo nos queda campo en el camino. Afuera comienza a nevar, es un poco temprano, todavía es otoño.

—Buenas tardes, boletos, por favor. —El conductor aparece.

El anciano reacciona y le extiende un pequeño papel arrugado que está en su mano, yo meto la mía dentro del saco y del bolsillo cojo los boletos. El conductor sella el del anciano.

—¿Viajan juntos los señores? —nos pregunta a Sophie y a mí.

—Sí —me apresuro a responder—, ella es mi esposa.

—Felicidades tiene una bella mujer. —El conductor sella los nuestros y sigue adelante.

Miro a Sophie, suda a chorros, tan siquiera aquella capa de pintura sirvió para disimular. Tomo mi pañuelo, le seco el sudor y después se lo doy, se retoca el maquillaje. El anciano ya está dormido.

—Tranquila. —La miro a los ojos y le beso la frente—. Tranquila. —Me abraza.

Sigue nevando, ahora un poco más fuerte. Estamos por llegar al puesto fronterizo; cada año se vuelve más complicado pasar. El tren baja la velocidad, Sophie mira para todos lados, y se agarra con fuerza a mi brazo. Entramos al andén, el tren se detiene.

—Tranquila, mira para un solo lugar y sonríe —le digo mientras toco el portafolios en sus piernas, lo que importa no es la cantidad, sino que algo pueda pasar.

El vapor que se disipa me deja ver a los militares armados. Esperamos un rato. Finalmente, aparecen dos soldados y un oficial, que ordena algo en ruso. Los dos soldados sacan al anciano, el viejo patea y se retuerce en los brazos de ellos, sabe lo que pasa.

—Hola —nos habla en perfecto inglés, mi ruso no es bueno y por alguna razón él lo sabe.

—Hola —le respondo.

—Hacia dónde van los señores.

—Hacia Moscú. —Sophie me estrangula el brazo.

—¿Y ella?

—Soy su esposa. —No le vacila la voz, le sonríe al oficial.

—¿Motivo de su visita?

—Soy editor, voy a encontrarme con un autor de origen polaco. Mi editorial está muy interesada… Ella, simplemente, me acompaña.

—¿Negocios y algo de vacaciones?

—Sí.

—¿Puedo revisar su maleta?

—Sí, claro. —Sophie me suelta el brazo y trata de disimular el temblor de sus piernas, me levanto y bajo la maleta. El oficial la abre, mete la mano y revuelve nuestras cosas. Casi puedo oler la pólvora de su revólver.

—Muy bien… pueden continuar… disculpen las molestias. —Miro a Sophie por un momento tratando de encontrar una sonrisa de apoyo y solo encuentro su mirada perdida en el andén y su rostro totalmente pálido.

—Muchas gracias, oficial. —Intento desviar la atención, aunque creo que se da cuenta. Se va.

—Sophie, Sophie, Sophie, ¿qué pasa? —Ella mira consternada hacia la plataforma, finalmente veo lo mismo.

—Sabíamos que eso podía pasar, hay demasiado en riesgo… Componte.

—Eran… eran los otros. — Sus ojos me miran y sus manos sudorosas tocan las mías.

—No lo lograron, pero nosotros tenemos que hacerlo.

El tren permanece detenido. Obligo a Sophie a que se recueste en mis piernas mientras le acaricio el pelo. Allí todavía, en sus muslos, a medio cubrir por el abrigo, va nuestra parte, nuestra misión. Sabía que esto podía pasar. Yo ya lo viví. Es en ese momento, cuando sientes la presión de un océano sobre ti y te sientes incapaz de lograrlo; de transportar algo de lo que dependen miles de personas. Entonces, no es solo tu vida en juego, no es un océano, es todo un planeta sobre tus hombros.

Hace una hora estamos detenidos en la frontera, Sophie no lo nota. Ella sigue sobre mis piernas. *¿Por qué seguimos aquí?* He hecho este trayecto más de veinte veces, la inspección no lleva más de treinta minutos. Algo no está bien.

La puerta de nuestro compartimento se abre. Nos encontraron. Dos hombres me toman por los brazos y me arrastran fuera. La culata de un rifle me parte el labio. Sangro. Son del servicio secreto ruso, lo sé, su ropa, su forma de caminar, su apariencia, ya los he visto, estoy seguro de que llevan años detrás de mí. Otro hombre entra y agarra a Sophie por el pelo; ella llora, pero no suelta el portafolio.

—¡Déjenla! —les grito una y otra vez, pero no me escuchan.

Nos golpean hasta llegar a la puerta del vagón. Me empujan por las escaleras y caigo revolcado en la nieve. Mi cara se empanza con las escarchas que caen y se derriten con el calor de mi piel. Me duele todo. Aún en el suelo trato de recibir a Sophie cuando la empujan. Me levanto a duras penas y le hablo al oído.

—¡Cálmate… Cálmate… Deja de llorar!

Uno de los agentes trae el portafolio. Sophie se calma, le tiendo la mano y la sostengo tratando de transmitirle todo el valor posible. Hace frío, Sophie empieza a tiritar. Cinco vagones más atrás veo que hacen lo mismo; son Frank y Ellie. El tren echa a andar, de espaldas a él, pero de reojo veo todos esos rostros expectantes. Beso a Sophie, tengo miedo, ahora es por perderla, por no haber vivido una vida con ella, la abrazo, ella se refugia en mí mientras nos empujan campo adentro, prácticamente no se puede poner de pie.

—Dios, ¡cuánto la amo! —Levanto la cabeza al cielo—. No temas —le digo al oído.

Frank está lo bastante cerca, dos agentes con nosotros y dos con ellos, más el que lleva los dos portafolios, son cinco.

—Lo siento —me dice. Él, al igual que yo, abraza a Ellie en un último intento por protegerla.

Ya hemos caminado bastante, ahora nos apuntan pistola en mano, siento que mis sesos pueden volar en cualquier segundo; pero ya no tengo miedo, siento paz.

—Te amo —me susurra mi esposa al oído.

Nos detenemos. El agente de los portafolios frente a nosotros los abre. Uno a uno caen nuestros libros en la tierra húmeda y blanca son cerca de veinte pequeños ejemplares que viajan en cada maleta de mano. De su abrigo saca una botellita y rocía el líquido sobre ellas, enciende una cerilla con el tacón de su bota, la llama se levanta casi un metro por entre los copos que caen, comienzan a quemarse. Sophie al lado mío ya no se esconde, ya no siente miedo, lo sé por su rostro, por su mirada serena. Nos arrodillan y es solo el silencio de sus pasos con nuestra respiración agitada. Se colocan detrás. Siento la fría punta del arma en mi nuca.

Sophie baja su cabeza y comienza a orar, hago lo mismo:

Querido Dios, bendito tu nombre. Gracias por darme la oportunidad de servirte, de traer Tu palabra a este apartado lugar donde tanta gente te necesita. Gracias Dios por el sacrificio de tu Hijo Amado por mí en la Cruz. Gracias por mi esposa, gracias por...

Cuando su abuelo enfermó, y la muerte ya casi tocaba la puerta del viejo, Lucas le dijo a la familia que dejaran al anciano a su cargo.

Relegados ambos a un hospital, allí vivieron la profunda intimidad de los secretos porque el viejo, en sus desvaríos, comenzó a contar toda la verdad de su vida, haciendo de las largas sesiones de muerte un confesionario católico. Cuando el enfermo exhaló su último aliento, el joven pudo salir de aquel enclaustramiento.

En el funeral, con el miedo rondándolo, se atrevió a decir en un murmullo multitudinario:

—Mi abuelo no era un hombre bueno.

El segundo Pilar

Anita, durante su infancia, encontró su futuro en el mar. Su padre, patrón de un barco pesquero, dedicaba su vida al navío, y ella a acompañarlo en su arduo bregar bajo el sol. Cuando creció y las insolaciones de su viejo le dieron un título de maestra en las manos, lo colgó en la pared y se echó a la mar para ser patrona de otro barco. Ni siquiera se detuvo cuando los turbios años llegaron, con presumibles guerras y bombas del otro lado del mundo. Hasta que un día de pesca común, y con el mismo sol de siempre, a lo lejos divisó los restos del barco de su padre, hundido por un submarino alemán.

Reducida su existencia a nada, cargó con su dolor durante casi un año. Hasta que el Gobierno le declaró la guerra a Hitler, y los *yankees* cogieron la Isla para sus jelengues habituales. Anita, al enterarse de que un gringo loco con algunos cubanos, más locos que él, habían montado en un yate privado todo un sistema artillero antisubmarinos nazis, se echó a la mar solamente armada con un arpón: necesitaba liberar su odio.

Pero la suerte que tuvo el gringo loco no fue la misma de la patrona pesquera. Anita se perdió en el mar. Solo volvió a aparecer en los juicios de Núremberg, cuando su nombre figuró en la lista de muertos en Auschwitz.

Cuando Daniel se dio cuenta de que se estaba gastando, detuvo toda acción y puso su vida en pausa. Durante un mes con una curiosa minuciosidad revisó su cuerpo, cerciorándose dónde había más desgaste, dónde se podía palpar la vena, dónde había comenzado a asomar el hueso. Se dio cuenta de que el agua era su enemiga; así que, con más precaución que miedo, volvió a echar andar la maquinaria de su existencia… y siguió viviendo, únicamente, con la premisa de que de ahora en adelante no podía hacer nada que contribuyera al desgaste.

Dejó de bañarse, de lavarse la boca, de humedecerse la piel. Incluso anduvo con cuidado de ya no tomar agua.

Así trascurrieron años, en aquella meticulosa supervivencia. Hasta que un día llovió, y Daniel, que se encontraba a solo dos cuadras de su casa, por mucho que corrió para escapar de los fríos goterones, no tuvo otro destino que desvanecerse.

William creció en un vestigio de ciudad. No uno polvoroso y miserable, pero tampoco uno donde habitara el ridículo confort. Era solamente la frontera infranqueable entre lo citadino y lo rural. Siendo un niño dedicaba su tiempo, por instrucción de su abuelo, a limpiar las malas hierbas del sembrado de maíz, y las tardes a bañarse en el riachuelo que, a veces, después de las pavorosas lluvias de primavera se llenaba y corría por el cauce de las montañas. Pero el sueño de William radicaba en el mar, en el basto azul infinito que había oído una vez mentar a través de su padre. La dicha de cualquier hombre por aquellos años era sin duda verlo, pero debían de seguir viviendo en la azarosa tierra pobre, cerca de la sierra.

El niño, después de mucho soñar, durante noches eternas, se propuso mover el mar. Debía hacerlo, porque no quería perder su riachuelo de las tardes, ni sentir el lomo ardiente por un sombrerazo de su abuelo, ante su descuido con el sembrado.

Tanto dio con el sueño, tanto lo repitió, tanto se lo contó a la gente que su padre, dispuesto a resarcir el daño hecho al muchacho por los principios de la fantasía, lo metió en el auto listo para llevarlo a un sanatorio. Pero cuando, a la hora de partir —un día por allá de 1942, sobre los campos de maíz del abuelo y 160 kilómetros tierra adentro—, se avistó una tromba de agua que hizo llover peces y hasta depositar sobre el basto campo un tesoro español, nadie volvió a desconfiar de la voluntad de William para mover el mar.

La brisa del mar rara vez se cuela tan adentro en la ciudad. Es extraño sentir el olor a salitre; a veces, es solo el hedor a gasolina y humo. Quizás en eso la gentil Habana no sea tan gentil; pero el pequeño Gustavo solo comprende que el aire lo despeina y le hace tambalear la bola de helado en su cono. Pronto llegará el invierno, pero uno que ni siquiera le hace mella al calor del trópico.

Es una mañana densa, todo el mundo corre en la ciudad. Hay rumores. Gente armada en las montañas, dicen. Quizás por eso hay viento, algo nuevo se avecina. Un par de periódicos pasan arrastrados por la ráfaga. un par de señoras se sujetan los vestidos y alguna que otra hoja se cuela por entre sus piernas. Los titulares perturban a la mamá del pequeño y acelera el paso; el miedo le brota discreto. El niño, arrastrado por la mano, corre dándole lengüetazos a su cono.

Avanzan un par de cuadras por todo Zanja buscando el Barrio Chino. Curiosamente, la calle se ha vaciado y lo que antes parecía un enjambre de hormigas locas sin rumbo, se ha disipado hasta quedar el metódico paso de algunos ancianos, y la mirada inquieta de algunos hombres conversando en las esquinas. Gustavito se percata de que, poco a poco, el helado se derrite y gran parte queda amelcochada en su boca y hecha grandes chorros sobre su abriguito. Su mamá, en un acto reflejo, lo mira y le pelea por el embarro, le estruja la cara con un pañuelo y siguen caminando. Algo del día la perturba.

—¡Acaben de matarme, cojone'! —El grito rompe la brisa, la ciudad y los rumores.

Frente al cuartel de policía, la madre y el niño se detienen al oírlo, la voz quebrada y casi transparente sale de las entrañas de la estación, desde un pequeño tragaluz con barrotes pegado a la calle. Gustavo mira a su mamá atónito. Hay algo familiar en la voz. Un elemento común, una esencia, que el niño reconoce, pero que la madre, perturbada por el chillido, pasa por alto, y solo repara en que alguien quiere morir.

La acera vacía le infunde pánico, y otro gemido que se escapa la estremece hasta los huesos. El niño todavía desconcertado y sin saber bien qué preguntar se fija en el policía que, apostado en la puerta de la estación, lo mira con hielo en los ojos. De súbito, la ciudad se enfría, y unas nubes grises se abalanzan sobre ellos. La mamá descubre al policía, solo una fracción de segundo después que su hijo, y este, con el mismo témpano en la mirada, le señala con la punta del rifle que cruce la calle.

Gustavito vuelve a sentir cómo tiran de su brazo, y pronto, sin percatarse, está montado en una máquina de alquiler, alejándose de la voz que casi le suena conocida. La urbe pasa ante sus ojos y se le escurre por entre sus manos como el helado, quedándose impregnada en su recuerdo. Pronto llegan a la casa y, ahora sí, el niño siente el viento imbatible que le revuelve su melena. No muy lejos está el mar, desde la terraza de su casa se ve: grande y azul. La madre abre la puerta y casi de asalto una empleada sale a su encuentro.

—Señora, ¡qué bueno que está aquí! —dice la mujer a grito puro.

—Cálmate, mujer… ¿Qué pasó?

—Traté de llamar a su esposo, pero no está en la oficina.

—Ana, cálmate por Dios, me estás poniendo nerviosa, acaba de decirme qué pasó.

—¡Vino la policía! —La criada se bebe las lágrimas—. ¡Se lo llevaron!… Se llevaron al señorito Fermín.

Gustavito mira a su madre casi perder el aliento y caer sentada de golpe en el piso.

—¿Para qué estación? —Logra articular la mamá del pequeño.

—Para la que está en el Barrio Chino… en la calle Zanja.

Y así de súbito, la voz de aquel joven que clamaba desde lo profundo del cuartel se escucha nítida, totalmente reconocible. Gustavito mira a su mamá, reducida a nada en el piso, más pequeña que él y, sin comprender, pregunta:

—Mamá, ¿a qué hora viene mi hermano?

La puerta se abre, el prisionero hace apenas un esfuerzo por mirar. Una brisa de aire fresco penetra al interior. Dos guardias se paran al pie de la cama. Por un momento, hay silencio, solo una presencia ajena que las viejas paredes reflejan; como si hubiera más oscuridad, o el frío se volviera más húmedo.

—¡Levántate! —Uno de los guardias le grita mientras se cuelga su fusil al hombro.

Mateo, inmóvil, continúa tendido sobre la cama como muerto. Los dos soldados lo jalan por los brazos. Su cuerpo se resbala. Lo levantan y cae hincado en el piso. Mateo se ríe y escupe palabras incoherentes junto con un buche de saliva con sangre. Los dos guardias lo impulsan hacia arriba, solo para sacarlo arrastras. La gruesa puerta se cierra. El sonido de las botas por el largo pasillo es el único eco retumbante en la vieja fortaleza.

Los dos hombres mal uniformados logran llevarlo hasta el cuarto de interrogatorio. Lo tiran en la silla de los acusados y lo dejan ahí. Es una habitación más pequeña que la celda, cuatro paredes que junto a la presencia del interrogador pareciera que van a colapsar.

El oficial de la contrainteligencia sale de una de las esquinas envuelto en penumbra, solo está allí, sin decir nada, entre la intermitencia del fuego leve de un tabaco y una mirada inquisidora. Mateo sube las manos y se apoya sobre la mesa en actitud de poder. El olor a podrido de las paredes ya no le da asco, ni siquiera es perceptible; solo la sensación de estar en un hueco bajo paredes centenarias lo afecta.

—Esto nunca lo pensé ver... —El preso logra articular.

—¿Qué cosa?

—Que, en estos tiempos, cualquier mierda es teniente.

El oficial se quita la gorra en un impulso y la bate contra la mesa. Con un puñetazo al centro de la cara, el teniente le rompe la boca a Mateo. La sangre comienza a brotar. El aire caliente que circula, una y otra vez, dentro del cuarto se impregna con el olor a sangre.

—¿Quieres morir? ¿Eh?

El oficial da tres golpes en la puerta. Se abre y una masa de aire sin respirar entra. El vapor húmedo y maloliente escapa. Tan profundo en la tierra, Mateo no sabe si es de día o de noche, solo sabe de la oscuridad constante iluminada por luces amarillas. Los guardias lo sacan y sin esfuerzo alguno se deja llevar mientras les escupe las botas con la sangre de sus labios.

No hay ritmo en los pasos, solo el sonido apurado de tres pares de botas por un pasillo que no conduce al bloque de celdas es demasiado largo, con rastros de luz que se cuelan por entre las piedras. Van hacia el patio. De golpe, salen y la luz ciega al preso. Sus ojos no son capaces de distinguir al pelotón de fusilamiento sentado a la sombra.

—¡A formar! —El teniente, aún detrás de Mateo, da la orden. Los dos guardias lo paran de espaldas a la pared, llena de huecos de balas, hoyos con el plomo aún dentro.

Mateo se para en firme. Hace un bonito día, una gaviota se posa en una torreta cercana. Los soldados, ante la orden, salen corriendo y forman filas.

—¡Preparen!

Diez soldados en línea levantan los rifles. El sonido del mecanismo que monta un nuevo proyectil en la recámara cruje en la vastedad del amanecer.

—¡Apunten!

La gaviota grazna dos veces. Una brisa cálida bate y trae olor a mar. Mateo respira su último aliento.

—¡Fuego!

El sonido del gatillo percute el proyectil, la pólvora se quema y un destello intenso sale del cañón.

Mateo cae de rodillas en el piso, pero respira otra vez. Riendo a carcajadas, murmura:

—Ni balas tienen.

El hombre del sombrero

A Cayo

Doña Joaquina en la cocina de su casa escuchó el ruido de una avioneta. La comadre cincuentona y viuda asomó la cabeza por la ventana y vio el aparato. Siempre era tradición que los guajiros inadaptados, salieran a ver pasar aquellos pájaros de hierro. La mujer, no siendo indiferente, se secó las manos con un trapo y salió al patio. Aquello de levantar la cabeza era una descarga de emoción. Lo raro era cómo el artefacto descendía y cada vez estaba más cerca de la tierra. Aquello nunca había pasado.

Doña Joaquina prestó atención no fuera que el aparato se estuviera cayendo. La mujer —cegada por el sol y con la piel picante de tanta luz— se movía, entrejuntaba los ojos, fruncía el ceño, pero no le quitaba la vista a la avioneta. El avión estaba haciendo algo parecido a aterrizar. Después de veinte minutos en aquello, lo vio descender.

La comadre, comisionada por la curiosidad, colgó el trapo de mano en el cordel del patio y enrumbó por el trillo dejando su casita abierta. Por sus cálculos mentales supo que el aparato había aterrizado en el potrero de los Fernández. No muy lejos de donde ella estaba. A paso ligero anduvo los quinientos metros que la separaban del lugar. Lo terrible del asunto fue que cuando ya podía ver el avioncito y a la gente de verde olivo, uno de los que revisaba el motor dejó su llave a un lado, alzó una pistola y le reventó la cabeza al hombre que usaba un sombrero.

El disparo estremeció a la mujer. El cuerpo le comenzó a temblar. La descarga de emoción se volvió en un grito ciego que ahogó en su mano. Aquella muerte le recordó los tiempos del dictador. En *shock*, se quedó detrás de una franja de árboles, rodeada del alto pasto.

Allí vio cómo los otros hombres que venían en el avión cavaron una tumba en medio de la nada, y enterraron al recién muerto hombre del sombrero. La avioneta solo había descendido para el complot de asesinato.

Con el grito ciego todavía en la boca y la mano sosteniéndolo, la mujer volvió para su casa. Muy incapaz de entender el suceso retomó las labores domésticas y trató de olvidar el asunto, pero no pudo. Esa noche el crimen la persiguió, le atormentó el sueño. Al otro día con el cuerpo deshecho por la terrible noche, se puso su ropa de domingo y se enrumbó para el batey. Tenía la firme intención de dar parte a la recién creada policía.

En la oficina, antiguo cuartel de la guardia rural, un uniformado verde olivo, igual que los asesinos del hombre del sombrero, la recibió. Después de los típicos buenos días, el oficial agarró papel en mano y, detalladamente, tomó nota de la historia. El guardia, después de escuchar todo, haciendo memoria del día anterior efectivamente había escuchado también el ruido de la avioneta.

—Comuníqueme con La Habana —dijo con su tono más serio a la operadora del otro lado de la línea.

Solo que La Habana demoró demasiado y cuando alguien de la capital finalmente se puso al habla, la radio gritó rompiendo hasta la interferencia:

¡Boletín especial! ¡Boletín especial!

Doña Joaquina después de oír la noticia enseguida vinculó los muertos, y el que tanto sentía la gente después del anuncio, era el mismo que ella había visto morir. El oficial de la policía prometió encausar el asunto y, cuando la comadre se fue, él ya estaba hablando con La Habana. La comadre, después de eso, se enclaustró en su casa, sin saber qué hacer. Al día siguiente, casi cayendo la tarde asomó por el camino una caravana de jeeps militares. Todo sucedió tan rápido que doña Joaquina, antes de percatarse, estaba montada en uno de los carros con sus cuatro trapos y sus dos objetos valiosos. Sin explicaciones, viajó durante cuatro horas.

De madrugada, con las pesadillas espantadas por el camino, despertó en un aeropuerto. Una amable mujer de verde olivo le dio un librito y le dijo en una sentencia:

—Móntese en el avión.

Doña Joaquina pasó el resto de su vida en Miami, pronunciándole a todo el que visitaba su casa:

—Yo le puedo enseñar donde está enterrado Camilo.

Claudio, acompañado solo por la madrugada y el sonido de los grillos, fue hasta la radio de la casa. A tientas, tropezando con todo, logró llegar hasta el aparato. El súbito calor de abril había hecho que todas las ventanas estuvieran abiertas. Se podía sentir la noche, el rocío y la neblina del campo. La luna se colaba por momentos, y los mosquitos se mantenían lejanos. La ciénaga estaba tranquila. El muchacho prendió el aparato, y lo más bajito posible, comenzó a buscar las emisoras prohibidas. En uno de los crepitares y crujidos, pudo escuchar una voz. Con precisión milimétrica, movió el botón hasta capturar la frecuencia. *¡Usted está escuchando Radio Swan, la voz de América Libre!* Aquel anuncio quebró la paz. Nervioso, pensó que la voz había viajado hasta el pueblo cercano. Para prevenir, llegando casi a la mudez total, pegó la oreja al aparato. Con el mismo tono de euforia el locutor gritaba: *Hoy Cuba será libre.*

Fue cuando Claudio vio por la ventana un avión liberando un ramillete de paracaidistas. Justo en ese momento, en la radio, comenzaba a emitirse una publicidad de Coca-Cola.

Los yanquis siguen pensando que en Cuba ya no hay misiles. Se lo creyeron cuando se firmaron los tratados y se hicieron las declaraciones. Aunque creo que no son muy inteligentes, porque por frente a mi casa, a cada tanto, pasa un convoy con un cartelito que alerta: *Radioactivo*.

Flora

El viento estremeció la casa de madera. El guano del techo, embebido por la lluvia, advirtió el crujido del colapso. Después de siete días, no había animal o sembrado vivo, solo una inmensa masa de agua que se unía con el mar.

Toda la familia, bajo cobertores y con el frío impregnado en los huesos, temblaba hasta la extenuación. En una de esas sacudidas, abuela y nieta se miraron; en un acto de total sabiduría, la anciana le dijo:

—Los ciclones se forman cuando dos ballenas pelean en el mar. Estas parece que van a pelear toda la vida.

El día que Pedro Carmona murió de un supuesto infarto medio país se puso a correr. Pedro no era un hombre importante, ni mucho menos conocido; al contrario, bien podía decirse que era una sombra. Era lo que su trabajo demandaba, y lo hacía bien. Lo único malo que tenía era que le gustaba disfrutar de los mismos gustos de su jefe, eso sí, siempre a escondidas. Cuando murió, en los medios nunca se publicó nada, solo las personas necesarias se enteraron, pero una testigo del suceso dio un reporte contrario al supuesto infarto. La mucama afirmó que Pedro, antes de morir, había tomado una copa de brandy de jerez, de la misma botella de la que Fidel Castro bebía siempre por las tardes.

Bernard León Baker nació en La Habana, pero por sus venas corría hasta sangre rusa. Fue un hombre determinado, sin duda; luchó contra Machado, peleó en la Segunda Guerra Mundial y hasta estuvo preso en un campo de concentración nazi. Todo eso sin contar de su trabajo con la CIA y los barbudos de la Sierra. El hombre estaba destinado para grandes cosas. Pero la historia lo relegaría a un oficio como plomero, cosa que no sabría hacer muy bien, porque ni pudo conservar su empleo en el Watergate Building después de que alguien lo descubriera robando papeles para limpiarse el culo.

—Tenía una emergencia —diría él.

Las olas rompen contra la proa y el agua inunda la cubierta. El buque se estremece y cruje con cada vaivén del mar, las cadenas que sujetan los tanques de guerra en la bodega rechinan, mientras les cae de encima agua salada con azúcar en pegotes. El susto de que la aviación enemiga vea soldados arriba de un barco mercante se ha apoderado de cada alma, y morir ahogado en el fondo del Atlántico se ha convertido en el primer miedo.

La orden de poco movimiento en la cubierta de nada ha servido, la plaga de las diarreas ha proliferado desde que se sabe que Luanda está cerca. En una cola eterna, casi siempre, medio batallón aguarda su turno para entrar a los cajoncitos de estribor, suerte de baño, donde la mierda y los papeles van directo al mar. Pero en ese momento de espera el espanto se arraiga en algo mayor, y todos y cada uno de los soldados vigila el cielo para que cuando el viento bata con aire de tormenta, alguien, como si estuviera avistando del enemigo grite:

—¡Papeles cagaos!

El agua le cae por el cuello, le moja la camisa verde y su pecho, que no tiene voz para gritar, ni valor para hacerlo. Pero ahí está, sentado en la trinchera, con la AKM entre las piernas, recostado a la pared de tierra húmeda por la sangre.

Desconcertado, se abre el bolsillo del pecho, el que está justo encima del portacargadores, saca una caja de cigarros Camel y trata de prender uno. No se da cuenta de que la mano le tiembla hasta que lleva la fosforera a su boca y entre las sacudidas trata de acertar el fuego en la punta del cigarro, que también tiembla, no tanto como su mano, pero se sacude curiosamente de manera rítmica.

No le importa mucho el hecho de que, en la noche, la más mínima luz se ve en la distancia, ni que el fuego de los morteros enemigos dentro de algunos minutos va a volver a caer sobre las trincheras. Tampoco le importa no tener balas. Realmente no le importa nada, únicamente regresar; algo que, inconscientemente, está grabado en su memoria.

Sonríe, le causa gracia el hecho de que él es el único sobreviviente. Nadie creyó eso posible, desde que se había montado en el barco lo supo, nadie se lo dijo a la cara, pero lo sabía, y ahora al contrario de lo que todos habían pensado ahí estaba.

Aún incapaz de poder mover las piernas fuma el cigarro despacio, como si fuera el último, esa posibilidad no deja de darle vueltas en la cabeza. Aspira y trata de sentir cómo el vapor caliente le inunda los pulmones. Las noches en Angola son raras; a veces, hay demasiado frío, a veces, demasiado calor. Hoy es una noche de esas donde el frío es atroz y algo más fuerte que una leve brisa te congela hasta los huesos. Ni el calor que emana de los cráteres de las bombas, ni los pedazos de madera humeantes logran disipar el viento gélido que corre rasante a la pradera y se cuela en las fosas de tierra. Hoy, aparte de frío, el viento trae el olor a sangre, el olor a pólvora.

El cigarro lo ayuda a combatir las ganas de vomitar. Coge una última cachada y lo tira, rebota contra un cadáver y cae en el suelo, no reconoce al difunto, una granada le voló la mitad de la cara. A lo lejos escucha el sonido de botas y el crujido que se hace al pisar la hierba seca. Se acercan. La trinchera es casi imposible de transitar, hay demasiados muertos y demasiados pedazos de muertos. Se arrastra, trata de buscar una salida, tiene que replegarse. Mira al cielo y busca la luna, no sabe bien si es que todavía está medio ciego o si, simplemente, una noche como esta no merece algo de luz.

El día que la plaga tocó a mi puerta fue tan sutil e imperceptible como una brisa hereje que se te mete en los ojos o como rascarse una herida con los dedos sucios. Así llegó. Lo peor fue que la vi a los ojos, le tendí trampas y cuando cayó me regocijé con su muerte. Pero la plaga sobrevivió, y se empeñó en mí, en mi piel, en mi cuerpo. De súbito, me derrumbó la fiebre, el frío, los temblores, el dolor. Pero la noche nunca es larga y volví a mis días comunes.

Hoy la plaga ha vuelto. La vi, se burló en mi cara, se regodeó en ser eterna. Pero me lo he jurado, la rata morirá.

El padre destapa la botella de vino. Se sirve. El sonido del líquido cayendo dentro de la copa llena el vacío inmenso de la habitación, los niños desde la puerta observan. La copa se desborda. Cae vino sobre la mesa y corre hasta gotear el piso. Se siente la soledad, la quietud.

Hoy, el cinturón de cuero encontrará piel para romper y un llanto de infante que lo acompañe.

Historia familiar

Hace un año, mi padre se fue de casa. Pero él no dijo que iba a buscar cigarros, ni que iba al bar de la esquina a tomar ron. Simplemente, dijo: «Me voy» y no lo volvimos a ver.

Hace una semana mi padre volvió. Metió su llave en el cerrojo, abrió la puerta. Fue al cuarto, se quitó los zapatos y la camisa. Volvió a la sala, encendió el televisor e hizo exactamente lo mismo que cuando vivía con nosotros.

Hoy me fui yo. No soporto que me llame «hijo».

Una muerte siempre es algo contradictorio. Y, en principio, sé que no se debe hacer: «No matarás», dice la Palabra, pero cuando algo te compulsiona a hacerlo, es mejor decirlo o, al menos, crear el rumor. Expandir la historia para que cuando suceda no impacte a algunos, o aturda a otros.

Por eso, en una semana, en el periódico, saldrá un obituario. Será sencillo, casi imperceptible a los ojos, de pocas palabras, pero preciso:

«Muere anciana viuda en su casa. Causa de muerte: Alegó durante mucho tiempo que poseía un corazón delator».

El escritor terminó de leer *El amor en los tiempos del cólera*. Se levantó de su sillón y fue hacia la ventana, miró a lo lejos y no vio río ni mar, solo ciudad, casas. Decidió sustituir el agua por tierra y los navíos por trenes. Rebuscó en su pasado y, casi borroso, encontró una amiga de la infancia. «Un amor desde niños», se dijo, «ese es un amor que vale la pena vivir». Llenó la maleta de ropa, desempolvó fotos y partió. Casi de locos fue encontrarla, tomar café, hacerle poemas y el amor. Pero irse y volver nunca fue fácil. El escritor se hizo amigo de los viajes, de los trenes, de los raíles herrumbrosos y del paisaje desolador; hasta que el cólera de los pulmones azotó la Tierra, y los trenes de apestados con banderas amarillas circulaban por todo el país buscando hospitales. Embargado por el desconcierto de los tiempos en una movida decisoria, el escritor le propuso irse con él, pero, al contrario de Fermina Daza, ella, que no tenía ni los años, ni las decisiones vitales hechas, se rehusó, y toda la vida se fue a pique.

Ojos abiertos

Cuando Juana supo que su hora habría de llegar pronto, hizo lo mismo que había aprendido de su madre: encomendó su alma a Dios, logró rezar un Padrenuestro y se persignó tres veces. Percibía a la muerte rondando.

La mujer había descubierto en su vejez, que su mayor desgracia había sido nacer en una isla del tercer mundo. Quizás por eso nunca había sido muy feliz, pero habiéndose conformado con esto, lo único por lo que había rogado para el día de la hora infinita, era que no se llevaran la luz. Tenía pavor de la oscuridad. La asustaba tanto que, de niña, se había comprado un reloj fosforescente, para que le hiciera compañía en las noches más negras.

Al sentir la muerte moviéndole la cama, mandó a llamar a sus hijos; quería verles el rostro por última vez. Cuando ya las voces familiares estaban cerca, una negrura súbita se precipitó sobre ella. Como ya no contaba con su reloj fosforescente, se murió con los ojos abiertos, esperando la luz.

Julia abre sus ojos y lo primero que ve es la pared rojísima de ladrillos sin repellar. El polvo que sueltan le da alergia, pero hoy no. Hoy está segura de que no va a tener mocos. Bosteza y pregunta qué horas es. Nadie le responde. Se da cuenta de que su mamá ya debió haberse ido a trabajar, pero no debe ser tan tarde, el sol aún entra débil por las rendijas de la puerta. Calcula que deben ser las siete y algo, está en tiempo, el cumpleaños no es hasta las nueve, puede acurrucarse otro rato. Su cuerpo menudo de tan solo diez años no ocupa mucho espacio en la cama, es solo un bultico blanco que entre dormida y despierta mira las fracturas de la pared y piensa que hoy es el cumpleaños de Berta, su amiguita de la esquina. Ayer la invitó a que fuera al pica cake.

—No hay pa más —le dijo la vecinita repitiendo las declaraciones de los grandes.

Julia es feliz, no mucha gente hace pica cake en estos tiempos, no mucha gente come *cake*. La niña estornuda y se estremece. Se levanta de un tirón y se rasca la nariz, no va a dejar que los mocos le arruinen el día. Hoy quiere jugar hasta que su mamá llegue. Nunca puede hacerlo porque tiene que cocinar siempre a mediodía, pero hoy no, pidió permiso y la dejaron. Sus ojos recién abiertos escudriñan el cuarto. Su papá está sentado en un banquito al lado de la puerta. Se está fumando un cigarro. Está preocupado porque no tiene trabajo y eso lo tiene irritable.

Julia entiende eso, no debería, pero lo hace. Le gusta ver a su papá feliz y hace lo que sea para que sonría.

—Tu mamá te dejó el desayuno tapado arriba del fogón. —El hombre de mirada densa le anuncia a la niña.

—Gracias, papá.

La niña se dirige por entre el laberinto de muebles viejos a la cocina improvisada, y de encima de un rústico fogón eléctrico coge un plato tapado. Adentro hay un pan con aceite y una taza con café con leche. La niña agarra lo suyo, pero antes revisa que el almuerzo esté hecho verdaderamente. Destapando ollas encuentra arroz, burro y dos huevos para hacerlos hervidos. Conforme por saberse libre, se sienta a la mesa de frente a su papá, que sigue fumando impasiblemente su cigarro. Hoy promete ser un gran día.

Julia mueve sus pies al compás de una melodía ficticia y devora el desayuno sin dejar siquiera las migajas.

—Papá, ¿qué hora es?

—Las ocho y media —responde de mala gana.

Tiene que apurarse, no se ha bañado ni vestido. No quiere llegar tarde. La niña se vuelve ciclón y en media hora logra estar lista, tiene puesta una bata blanca que ya casi no le sirve, pero es su mejor ropa. Quiere lucir bonita, quiere que las otras niñas la admiren, que sientan envidia de ella. En la puerta lista para salir mira para atrás, su papá sigue allí, sentado en el banquito al lado de la puerta, fumándose otro cigarro.

Julia cree que debería salir a buscar trabajo, que ahí sentado no va a encontrar nada. Pero no puede decirlo. Si habla, su papá se enoja y se desaparece por tres días, eso hace que su mamá la castigue. Es mejor no hablar. Cierra la puerta con un gentil crujido y corre hasta la casa del cumpleaños. Todavía no ha empezado.

Berta de pie en la puerta la recibe y se abrazan. La cumpleañera como buena anfitriona ha recibido a todos sus invitados, no son muchos, los del barrio y el hijo del jefe de la mamá, pero cuando ve a Julia se emociona y la invita a jugar. Deja colgado a dos o tres que se ven llegar.

No hay payaso ni piñata, falta decoración y el piso de tierra mezclado con la humedad del patio se cuela para la casa. Hay un fango ríspido en los pies de todos. La pobreza abunda, pero el día transcurre como soplo de aire de mar, y los niños son felices corriendo y jugando al escondido. Julia, en una de sus escapadas, ve pasar a su papá. Lo ve detenerse, pausar sus pasos, escudriñar el interior de la casa, siente que busca a alguien, pero no es a ella, ella está de pie en la puerta, visible a todos. Pero ve pasar una mirada furtiva, la ve presurosa, solo para la mamá de Berta. ¿Por qué su papá busca a la mamá de Berta?

Julia logra salir de su desvarío y corre, se da cuenta de que aún están jugando al escondido, que si no se esconde rápido la van a encontrar. Un bulto de ropa detrás de la puerta del baño le parece adecuado. Entre tanto color se pierde y se arrincona aún más cuando ve llegar a Mauro, el papá de Berta. Es un hombre tosco, pequeño de estatura, pero con ojos de ira. Julia observa la expresión del hombre y siente miedo, trata de no respirar, no quieren que sepan que está allí, que está escondida.

Mauro sumido en su furia ni siquiera se ha dado cuenta de la niña. Él también vio la mirada, y sintió una sensación confusa y reveladora. Mauro grita y con el puño rompe el espejo. Cuando el reflejo se cuartea, el hombre escapa batiendo puertas. Julia sale de su escondite, se asoma a comprobar que nadie la vio y, cuando está segura, vuelve al cumpleaños. Julia siente que debe irse, pero no quiere perderse el *cake*, la mamá de Berta lleva toda la mañana anunciando que está rico. Berta, cuando la ve, la agarra de la mano y la planta con ella delante de la mesa sueca. Ya van a cantar el feliz cumpleaños. La alegría se contagia y todas cantan, gritan y celebran los diez años de Berta. Los otros niños sonríen y se embarran con merengue. En ese breve instante a nadie la interesa la ropa, ni el baño, ni que parezcan payasos llenos de manchas blancas.

Un hombre, de poco pelo y con chaleco, sale de un cuarto y, sin decir palabra, sonríe y aprieta el obturador de una vieja cámara Sony que deslumbra a todos. Había foto y nadie había dicho. El hombre de poco pelo vuelve a entrar al cuarto y se pierde de la fiesta. Algunas tías de Berta mandan a los niños al patio y comienzan a repartir cajitas. Todo el mundo dice que el *cake* está riquísimo, el gordito hijo del jefe de la mamá de Berta está atarugándose, los otros adultos se quejan de los malos modales.

—Parece mentira que sea el hijo —dice discreta la mamá de Berta.

Después de cinco minutos de espera, Julia recibe su cajita, tiene poco, solo su cuñita de *cake* y un pancito con pasta, hay dos caramelos rompequijadas en una esquina, pero los regala. A la niña no le gusta tanta azúcar. El *cake* está rico de verdad, Julia lo saborea como lo más asombroso que ha comido en la vida y la decisión de dejarle un pedacito a su mamá y a su papá se reduce. Va a llevarle solo a su papá, que pobrecito, solo va a comer huevo hervido con arroz blanco. Julia sabe que esa no es una comida rica.

Cuando la multitud comienza a bajar, los niños —endulzados lo suficiente— se empiezan a ir para sus casas. Julia se acerca a su amiguita y le da un beso, ella también tiene que irse, si su mamá no ha llegado tiene que adelantar la comida. Contenta por el día agarra su cajita y sale corriendo. Hoy no ha llovido, ya no hay fango, el sol puso la tierra dura.

Julia abre la puerta suavemente y entra a la casa. Su papá está sentado en el banquito, con la pierna cruzada, fuma otro cigarro, en el piso está el papel estrujado de la caja vacía.

—¿Almorzaste? —La niña lanza la pregunta, pero el hombre no responde.

Solo el silencio y sus pasos hasta la cocina improvisada le dan una respuesta. Cuando destapa las ollas se da cuenta de que todo sigue intacto. ¿No quiso almorzar? Julia piensa que la comida no era rica, pero era comida, había oído decirle a su madre que tanto cigarro sin comer no era bueno, que aquello daba cáncer. Pero sin poder hacer otra cosa la niña se acerca, tan cerca que el humo del cigarro la envuelve y la levanta, tan cerca que siente asco, pero tan cerca que resiste porque es su papito querido.

—Mira, papá, te traje algo. —La niña le extiende la cajita medio rota ya, pero conservando el pedazo de *cake*.

El padre apaga el cigarro y medio sonríe, toma la cajita de cumpleaños y cuando la abre muda su rostro. La mano se levanta y un golpe seco le rompe la boca y la tumba al piso. La niña, con su batica blanca revolcada en el suelo de tierra, se sostiene la boca sangrante con sus manitos de diez años y llora, llora sin consuelo mientras su papá le grita:

—¡A mí no me traiga sobras!

Mi abuelo toda la vida pudo decirse que era casi un burgués. La peste del ensueño lo había hecho olvidar su origen, el principio de su vida en la áspera pobreza. Pero con la vejez la peste del ensueño lo abandonó, justo para hacerlo recordar que, en su infancia, tenía una pasión: crear pineos. Por lo que dispuso poner una jaula en el patio de la casa y criar uno de esos pequeños gallos, con el ilusorio propósito de proveer más alimentación para la casa. Pero el pineo con la gallina del momento no procreaba, se limitaba a una ridícula existencia: cantar en las madrugadas y hacer crecer sus espuelas.

Mi abuelo hizo de atender al pequeño gallo, un ritual y de tenerlo, una válvula de presión al olvido.

Cuando la gran hambre atacó y ni siquiera los nuevos burgueses tenían que comer, mi abuelo presenció la muerte de su gallo y, en un ataque de ensueño, en vez de solventar esos días con algo de carne, le hizo un funeral al pie de una tumba, en el jardín de la casa.

Tratamiento médico

El día que al doctor Santín le llegó el visado de los yumas, no pasó ni un segundo más en el cochambroso hospital en el que trabajaba, ni volvió a asomarse a una parada para tratar de coger una apretada guagua. Con estoicismo le entregó su casa a la Revolución y fue directo a vivir con unos amigos. Solo faltaban días para su vuelo.

Llegado el momento de la partida recordó los tenebrosos años noventa, y el hambre vieja que aún cargaba en su estómago, iba a ser glorioso saciar su apetito, pero le daba dolor ver cómo los suyos se quedaban atrás comiendo fongo hervido y huevo con sal. En un acto visionario se detuvo con la puerta del taxi en la mano y gritó bien alto para que el consejo médico les llegara a todos:

—¡Coman frijoles! ¡Quizás con eso se salven!

El hombre de la extraña figura se paró frente al hotel. El nombre de Boston labrado en la madera de cien años se le remachó en la cabeza. Con pasos cautelosos abrió la puerta y entró a un *lobby* sin cuadros, ni adornos, solo con un timbre plateado sobre una mesa. El extraño lo tocó. Un anciano de frac negro desteñido se asomó por una de las puertas del pasillo. Algo, en el crepitar de los pasos, decía que en el edificio no había muchas vidas.

—Quiero un cuarto —dictó el visitante.

—Venga conmigo —dijo el viejo.

El hombre de la extraña figura rentó el cuarto no. 5 y durante su estancia mantuvo una rígida rutina, salía de su habitación para ir a comer al restaurante, y en las noches prendía la chimenea para contemplar el fuego. El *lobby man* y el visitante nunca se volvieron a encontrar. Pero en el cuarto de al lado, de donde había salido el anciano, se podían escuchar voces y en las noches una de ellas deliraba. Una madrugada intensa, el viento se coló por la ventana e hizo que una llama remontara la brisa para adherirse a una cortina.

Con las llamas a sus espaldas devorando la madera, el hombre de la extraña figura corrió por su vida. Desde afuera, sofocado y tosiendo vio consumirse el Boston del cartel. Un poblador del batey que deambulaba a esas horas, viéndolo, se le acercó para dictar con voz escueta:

—Qué bueno que logró escapar… Todas las noches el hotel se quema.

La inspiración existe, pero tiene que encontrarte tra-
bajando.
Pablo Picasso

Los artistas, después de varios años de sequía creativa, se reunieron. Se sentían desconcertados, vacíos, tristes. Las musas habían desaparecido. Nadie sabía nada de ellas.

Luego de varios días tratando de resolver el asunto, pensando cómo encontrarlas, en un acto de sublime inspiración, les llegó a todos, una suerte de idea-nota informativa que rezaba:

«Se acabó el trabajo gratis, estamos paro».

LECCIÓN DE HISTORIA

La maestra, frente a su clase, escudriñó a los pequeños que, atentos, esperaban la próxima pregunta y a mediana voz dijo:

—¿En qué barco vino nuestro insigne comandante en jefe, Fidel Castro Ruz, cuando salió de México?

Los niños, gloriosos de saber la respuesta, gritaron a coro:

—¡En el Titanic!

Camello

El doctor se acerca al extraño hombre que, desde hace cuatro meses, ve vagar en la sala de espera del hospital. Con mirada inquisidora le pregunta:

—¿Qué hace aquí?

El desconocido lo mira de arriba abajo y se arrima como quien va a confesar un secreto.

—Trafico con palabras... Soy poeta… ¿Quiere unos versos?

Aborrecido del trabajo de todos los días, el obrero se encamina hacia su fábrica. Camina, sube en una guagua, se baja, camina, llega, abre su casillero, guarda la mochila, toma su martillo y se dirige a la línea de producción. Su trabajo: golpear el hierro que sale caliente del horno. Una y otra vez. Una y otra vez. Pero hoy no. Con el jefe de turno gritándole a sus espaldas abandona su tarea, por alguna razón hoy le apetece bailar.

CUESTIÓN DE OFICIO

Alguien, hace un tiempo, me dijo artista. Realmente no le creí. Artista fue mi mamá que, por más de veinte años, se las ingenió para que la lavadora rusa no le rompiera la ropa.

Postdata: Ya hay una nueva.

—¡David, a tu madre la secuestraron! —La anciana, con la mirada perturbada, agitó a su nieto mientras este abría los ojos.

Desconcertado, el muchacho se paró toda prisa de la cama. En su cerebro, una descarga de adrenalina le activó el cuerpo, y las pocas señales de somnolencia se desvanecieron. Sin entender causa ni motivo registró la casa a fondo. La anciana detrás de él le repetía constantemente: «A tu madre la secuestraron... A tu madre la secuestraron».

Cuando no quedó ni un palmo por revisar, el muchacho se sentó en la sala, y con puertas y ventanas abiertas, trató de descifrar quién y por qué se había llevado a su madre. Aunque por su mente también rondó la idea de que ella se había ido por libre y espontánea voluntad.

La abuela temblando, y con las manos sudadas, demostraba el miedo arraigado. David después de unos largos minutos de reflexión decidió llamar a la policía, él solo no podía resolver aquello. En ese momento su hermanito de ocho años se despertó asustado. La vieja, infundiendo el miedo, le decía al niño: «Mijo, crézcase que su madre se fue». Aquellas palabras lo estremecían por dentro. Se sentía abandonado. Cuando descolgó el teléfono y marcó los dos primeros números, vio a su madre entrando a la casa.

—¿Dónde estabas, mamá? —preguntó consternado.

—Fui a buscar pan. —La madre sostenía un bolso lleno de hogazas.

Entonces, David comprendió que en su abuela asomaba la locura.

Propaganda

Se despertó en un país extraño, pero a la vez común, habitual. Las viejas calles, las mismas personas. Parecían tan reales. No creyó posible lo que veía. Recordaba todo. Menos el hecho de tener un cable conectado a su cerebro; apenas dio un paso fuera, murió.

Escasez

Hace unos días les comenté a mis abuelos que iba a empezar a escribir para el periódico. Ellos me miraron, sabiendo algo que yo desconocía, pero no dijeron nada. Entonces recordé que, en Cuba, no hay papel sanitario.

El secretario de Estado corrió por toda la Casa Blanca. En un golpe de realidad había llegado a una conclusión, era descabellada, imposible, hasta lunática, pero debía hacérsela saber al presidente. Cuando el alto funcionario llegó al Despacho Oval, con la lengua afuera, jadeando como galgo después de una carrera, se dio cuenta de que poseía toda la verdad del mundo en una simple oración.

—¡Señor presidente! —logró decir.

Ante tanta premura, este dejó todo lo que estaba haciendo para mirar al sudoroso hombre.

—Hable, por Dios —dijo el presidente, exasperado.

Pesaroso, el funcionario se dejó caer en el suelo, le había sido arrebatado el aire, el calor y el temple. Aquello que estaba por decir era sin duda el fin de todas las cosas.

—La CIA gastó todo nuestro dinero en Cuba.

Después de las protestas todos pensaron que las cosas mejorarían, que el gobierno por primera vez en toda la historia de la dictadura escucharía al pueblo. Pero solo tardó unas horas de olvido para que los poderosos en pleno aprobaran la Ley del silencio.

A partir de ese momento, las palabras serían un delito.

La familia se sienta en pleno y se consulta con la mirada. La determinación, a pesar del hambre, es mantener al animal vivo. Hay que cuidar a la vieja de un ataque de tristeza. Con la decisión tomada, el anhelo de todos se va a pique y las intenciones de ver la gallina hecha un caldo se desvanecen.

La abuela, haciéndose la sorda después de oír el litigio familiar, se enrumba hacia el patio pensando que a Cuba le ha llegado la muerte. Se acuerda de un pueblo que una vez escuchó nombrar por boca de un coronel y enciende el carbón para calentar agua. Con su paso metódico va al corral y agarra a su vieja amiga. Recuerda con claridad la palabra «Macondo», los granos de maíz y el hijo muerto. Todo se le mezcla y se le confunde, pero no hace caso y, con una destreza única, tuerce el cuello de la gallina. Un breve crujido, un desprendimiento en la piel. La vieja suelta el animal, que cae al piso y empieza a retorcerse, a brincar por los espasmos que lanza su cerebro muerto. Ahora recuerda con claridad la vez en que a la Isla llegó el coronel con una gallina debajo del brazo, y ella la pidió como regalo.

La familia, saliendo del pleno, ve a la vieja sumergir al animal en agua hirviendo. Todos asombrados, pero con las babas afuera se ponen a ayudar lo que será la mejor cena en años. Pero el tiempo corrompe hasta lo más perduradero. La hija después de cocinar la carne en una olla de presión durante veinticuatro horas y gastar todo el carbón de la casa, enmudece de tristeza. El nieto, expectante, aun sentado a la mesa, esperando su porción, pregunta:

—Abuela, ¿cuántos años tenía la gallina?

—Ay, mi niño, fácil cien años.

Cuando el tanque petrolero no. 5 tocó con su casco una de las masivas rocas del fondo marino, toda la vida abordo se ahogó en oro negro. Sumida toda la ciudad en los vientos desastrosos del huracán con el que había llegado el barco, nadie supo de la desgracia hasta el atardecer del día siguiente, cuando la tormenta se disipó en las montañas.

Olivia, a los pies del mar, con el negro gomoso sobre su cuerpo, la respiración entrecortada y su hijo en brazos, desistió de buscar la otra pieza de su vida, eternamente ligada a la gorra de marinero que ahora sostenía con una mano. Y ya cuando ni los rescatistas se divisaban en las zonas del naufragio, ella en un impulso final decidió peregrinar, y reclamar, por todo el camino, la restitución de su amor.

Aburridos de la nieve siempre revoloteando sobre ellos, tomaron la firme determinación de migrar. Querían estar en otras tierras para cuando comenzara el año. Así que sin mucho que perder, después de un par de meses de andar, los osos polares se sentaron a beber un par de piñas coladas en Cancún.

La sublevación de la naturaleza

Durante la lluvia, el inquilino miró sus plantas en el portal. En ellas, un pequeño hombre, con forma de hoja, nacía de un brote. El inquilino, detenido por la lluvia, se sentó con calma a ver surgir lo que bien podía ser una persona. Aquel espectáculo de alumbramiento duró lo que la tormenta tardó en despejarse. Cuando terminó, el recién nacido se desprendió de su brote y, con una mirada altiva, desafió al inquilino a que lo persiguiera mientras su diminuto cuerpo corría por la calle mojada.

Lumar

Lumar se fue de Cuba un extenso día de agosto. Se fue en un avión discreto hacia Suiza. Dejó atrás demasiadas almas como para rehusarse a volver. Pero iba a encontrar un viejo amor, se fue por eso, decía que no podía vivir sin conocer lo que deparaba el futuro en aquel sempiterno vaivén de cartas y postales. Allá, en Suiza, fue feliz. Lo gritó a los cuatro vientos, telegrafió a sus amigos, embaló para su regresó a Cuba cada pedazo de recuerdo.

Lo terrible fue que otro extenso día de agosto, ella y su novio sintieron la necesidad de zambullirse en el Rin. Pero la vastedad del verano los engañó miserablemente. Aquellas aguas ponían el cuerpo rígido. Lumar y su amor murieron de frío.

Cuando los hombres de las montañas se extinguieron, los hijos que eran panzones burócratas tomaron el control del país. No hizo falta más que un par de años para que la gente nublada de tanta propagada despertara por la ardua crisis de realidad. «Este país se está yendo a la mierda», lo repetían todos los días, era la frase bandera en las calles. Cuando ya no hubo discurso que salvara la poca conciencia revolucionaria que quedaba, y el golpe de Estado estaba a las puertas, los hijos se acordaron de la enmienda de hacía un siglo atrás y, de la manera más descarada posible, pidieron ayuda al vecino del Norte, que no se contuvo de comenzar la tercera ocupación de la Isla.

Revolución

Como quien se siente perdido después de lograr lo impensable, cerró el libro. No podía dejar que lo encontraran. Sin pensarlo dos veces, se metió en el sótano con él abrazado. Lo protegería. Solo que ellos lo observaban, hoy, ayer, hace un mes, desde siempre.

Esa noche lo arrojaron al fuego junto con el libro. No lo soltó.

Mateo nació en un país pobre, de mente y de corazón. Creció en una ciudad vacía, con más ancianos que niños. Su deseo siempre fue salir, cruzar el mar, buscar el Norte. Un día, sentado en la arena, con las olas rompiendo contra sus pies tomó la decisión de nadar. Qué era lo peor que podía suceder... ¿Morir? Se levantó y no miró atrás. Olvidó el silencio de las noches, el hambre de las mañanas, la desolación de las tardes. Corrió hasta donde hubo arena, nadó hasta donde hubo agua. Lo único que no tuvo en cuenta es que él ya estaba en el Norte.

Familia

En la última pelea, le deseó la muerte.

Nadie nota al asesino. No se dan cuenta de la mirada gacha, de las manos inquietas, de la rigidez del cuello, de las sudoraciones. No perciben el arma, ese bulto que sobresale bajo el brazo, en la cadera u oculto en el puño; ni el caminar ágil y decidido cuando va a clavar el puñal, o disparar a la sien.

Justo como ahora, que no me viste llegar y, por ende, vas a morir.

Tríptico

Empuñó el cuchillo de cocina y, tirado con su enemigo en el piso, lanzó golpes mortales. El filo de la hoja se adentró en el abdomen haciendo un picotillo de órganos. El atacante, de súbito, se desligó de su cuerpo asesino para transmutarse en un testigo indiscreto que, desde una ventana, miraba. Ahora habitaba en él un profundo pánico, una sensación traumática: de buenas a primeras, creía a su otro yo un salvaje. En un golpe más de cambio, de testigo pasó a ser atacado, reducido en el piso pudo sentir sus fuerzas menguando, el miedo emanándole por la piel, hasta que el arma blanca le abrió las entrañas y la sangre se escurrió por las heridas. Asesino, víctima y testigo murieron vacíos.

Alguien se detiene frente a la puerta, la abre y el sombrero toca el marco. Lo primero que escucha es un sonajero que despierta al anciano detrás de la mesa.

Un negro alto, vestido con uniforme de policía, camina hasta el puesto de trabajo. La única entrada de luz es la desgastada puerta de cristal, que apenas deja pasar el sol. En la relojería solo es visible la mesa donde trabaja Absoluto. Una completa penumbra oculta el tictac constante que se oye a espaldas del anciano.

—Negro nunca aprende —dice el pequeño hombre encorvado sobre la mesa.

—Gajes del oficio, créame, cada día detesto más este sombrero ridículo —dice el oficial acompañado de una risa entrecortada.

—¿Problemas de nuevo? —El viejo le señala el reloj de pulsera, aún sin levantar la vista.

—Sí, Absoluto.

—¿Hace cuánto?

—Dos o tres días, he tenido problemas para llegar a tiempo a todos lados, usted sabe no puedo estar así... Y más un servidor público como yo. —La risa burlona del policía oculta su deseo de no serlo más.

—No se preocupe, se lo dejaré como nuevo.

—¿Cuándo podré recogerlo? —El oficial se acerca a la mesa.

—A la fila, Negro. Recuerda que yo trabajo por orden de llegada.

El oficial lo pone en una pilita en la esquina de la

mesa. De inmediato, se pierde de su vista. Al unísono empieza un ruido estridente, todos los cuentatiempos escondidos en la penumbra marcan las doce, y hacen que, por un momento, se vuelva insoportable tener oídos, estar ahí. Negro cubre con las manos sus orejas y su estatura se reduce a la mitad cuando se agacha buscando silencio. Lentamente, uno a uno se detienen y después de unos segundos solo queda el tictac habitual.

—¡Dios mío!, Absoluto, ¿eso no lo vuelve loco?

—No, ya estoy acostumbrado, son muchos años aquí.

—Verdaderamente, lo conozco desde que era niño. —Negro recuerda su infancia y olvida su interés por el tiempo—. ¿Cuántos años usted tiene, Absoluto?

—Lo puede recoger mañana, a las doce, un minuto antes no estará hecho, un minuto después no será suyo.

—Gracias. —El oficial se aleja con la mirada en el techo, acariciándose el mentón. Incapaz de saber por qué Absoluto le negó la respuesta.

—¡El sombrero! —Negro vuelve a chocar.

El oficial sale de la tienda haciendo malabares con el sombrero hasta que logra estabilizarlo en sus manos, después de mirarlo unos segundos lo bate contra el piso y se aleja maldiciendo. Un hombre, con un overol oscuro, se cruza con el policía que, después de caminar unos pasos, regresa a recoger su sombrero. Ambos se hacen un saludo militar, dos dedos que van a la frente e imitan la cortesía del Ejército.

El sonajero vuelve a tintinear, pero es aplacado por fuertes pisadas de botas sobre la madera.

—¿De nuevo por aquí? —Absoluto, con unas pinzas casi invisibles, disecciona la maquinaria de un reloj de bolsillo.

—Sí, ya no hacen buenos relojes. Hace días que está roto, pero últimamente no me alcanza el tiempo, siempre estoy apurado porque tengo que marcar la tarjeta, o ir a buscar a los niños. Por eso no había venido antes.

—No se preocupe, yo se lo arreglo. Le digo igual que al policía cascarrabias que vio salir hace un momento: venga a recogerlo a la una de la tarde, un minuto antes no estará hecho, un minuto después será mío.

—Está bien, Absoluto, usted y sus manías de la puntualidad.

—No son manías, son buenos hábitos.

—Tiene razón. ¿Sabe?, el de la casa también tiene problemas, se detiene en ocasiones y se pasa dos y tres horas parado. Al rato, cuando quiere, echa a andar.

—Tráigamelo, quizás sea la maquinaria. Le hago un descuento. —Absoluto pule lentamente cada una de las piezas del reloj completamente diseccionado que yace sobre la mesa—. Pero recuerde, y es mi deber advertirle, que su tiempo en el reloj que porta es propio, el de su casa es familiar.

—Sí, sí, no se preocupe. —El hombre ríe, incapaz de entender—. De todas formas, es mío. Que tenga buena tarde, Absoluto.

El obrero se voltea y camina hasta la puerta, indeciso, sostiene en su mano el picaporte, lo gira, pero no sale, tiene la extraña sensación de haber sido robado, espera en silencio tratando de encontrar una explicación.

—¿Algún problema? —El anciano monta una a una las piezas del reloj de bolsillo.

—No. —El hombre con el overol abre la puerta y

sale.

Absoluto observa cada parte de la maquinaria y supervisa que todo esté en orden. Pone la tapa no sin antes grabar en una pequeña esquina una A. Mucha gente se dedica al negocio, una vez un reloj llega a las manos de un relojero le pertenece el cuidado de ese tiempo, una firma es necesaria en cada reparación. Suavemente, le da cuerda y la maquinaria echa a andar.

Con una jeringuilla, el anciano vierte una goma caliente para sellar la tapa. Sus dedos arrugados y gruesos ya no manejan las herramientas tan bien como antes, pero, aun así, sigue siendo un experto. Mira el reloj en su muñeca: las dos y media. Abre la gaveta que su posición tan pegada a la mesa esconde. Dentro hay una caja cuadrada de madera, con una esfera que tiene manecillas doradas y números romanos, pero que camina hacia atrás.

Absoluto comienza a girar la corona del reloj de bolsillo hacia atrás, no busca las dos y media para detenerse; no, busca las dos y media una vuelta atrás, dos, tres, cuatro vueltas que, en la caja cuadrada, las manecillas doradas, solas, sin ser tocadas, adelantan y suman tiempo, dos días, tres, cuatro días a la vida de Absoluto. El viejo se detiene, el tictac no lo perturba, introduce la corona y el reloj comienza a andar. Su dueño nunca va a notar que a su vida le faltan cuatro días.

El chillido de unas gomas que frenan abruptamente perturba el resto del trabajo, un auto se detiene en la calle. Dos tipos enormes entran a la tienda, Absoluto, imperceptiblemente, cierra la gaveta y pone el reloj de bolsillo en la pila de reparados, levanta la vista, sus ojos adornados con las grandes gafas de aumento observan a un hombre en silla de ruedas que se acerca empujado por otro.

—¿Qué haces aquí, John? La subasta será pronto —dice Absoluto, volviendo a sus relojes—. Y, por favor, si vas a venir, no traigas a tus guardaespaldas, a mí no me intimidan.

—Quiero algo más particular —dice una voz débil que sale de la silla de ruedas, un hombre decrépito, tan pálido y blanco como la leche, desecho por la quimioterapia.

—No hay ventas fuera de temporada, tú mejor que nadie lo sabes.

—Te doy cien millones por cinco años de vida. —El hombre de la silla tose como si fuera a arrancársele un pulmón.

—No, lo siento.

El hombre descubre su cara y un rostro arrugado, sin cejas, sin barba y totalmente calvo, fija sus ojos en el relojero.

—Sé que te estás muriendo, pero hay una lista.

—Soy el treinta. Por favor, quiero ver a mi nieto nacer. Por favor —ruega.

—No hago excepciones, John. Vete de aquí.

—¿Cuánto tiempo has robado? Sé que tienes la caja ahí, en esa mesa.

—Lo que haya hecho no te interesa. Si quieres comprar, espera, igual que el resto.

—Estoy débil, Absoluto. No hay doctor que pueda retardar lo inevitable. Solo tú puedes ayudarme.

—Ya dije que no. Además, después de esta subasta me retiro del negocio.

—No me dejas otra opción. Necesito esos cinco años y voy a hacer lo que sea para conseguirlos.

Absoluto guarda silencio. Del otro lado de la calle,

Negro se detiene, el cristal deja ver la extraña escena en la tienda. El anciano levanta la mano. Sus guardaespaldas sacan dos ametralladoras; las ráfagas se estrellan contra los relojes de arena. Ante cada bala, trozos de cristal y mecanismos despedazados caen al piso, la penumbra que envolvía la espalda de Absoluto se ilumina con las trazadoras que marcan el camino de algo más grande que una simple tienda.

Negro cruza la calle revólver en mano, no hay más autos que el detenido frente a la relojería. Confiado, abre la puerta, pero antes de apuntar, un tiro desde atrás le vuela los sesos. El oficial queda tendido, bañado en su propia sangre, sosteniendo la puerta que deja entrar la brisa de otoño. Un fuerte olor a pólvora carga el aire y lo vuelve denso e irrespirable. Absoluto toma la pistola, totalmente oculto, espera a que se acerquen. Los guardaespaldas recargan, paso a paso caminan hacia él, tratan de no hacer ningún ruido, pero el cristal, la arena y las pequeñas piezas, crujen a cada pisada. Incapaces de hacer silencio, rastrillan sus armas. El anciano da marcha atrás en su silla.

Dos disparos, los guardaespaldas caen a tan solo un metro de su objetivo, el que lleva al anciano levanta las manos, en pánico, abandona a John y corre hacia la puerta. Absoluto dispara. El ayudante cae encima de Negro, su sangre se mezcla con la de él. El auto se marcha, ya no tiene a nadie que esperar.

Apenas son las cinco y comienza a anochecer. Una bandada de pájaros pasa sobre la tienda, su aleteo trae un frío viento del Norte, que penetra en los huesos. Absoluto deja el arma en un estante y, como quien se estira después de despertar, endereza su espalda, antes curva, tan jorobada como un arco. Camina hasta el anciano que tiembla en su silla, a sus espaldas vuelve la penumbra y la mesa se esconde tras la ausencia de luz, ya no hay lámpara ni sol, solo un rayo perdido se encarga de dejar ver lo necesario.

—Dame tu mano. —El viejo tiembla más—. ¡Dame tu mano! —La mano arrugada se extiende. Absoluto le quita el reloj—. ¿Sabes?, es impresionante la conexión que tienen el tiempo y los relojes, no lo cuentan simplemente. La gente nunca lo nota, pero cuando adelantas la hora, sueles restar tiempo de vida, es algo así como que viene predeterminado, esa es la palabra, estamos predeterminados a cincuenta años, a veinte días o a un siglo, todos tenemos una fecha, un día en el que se acaba todo, pero los relojeros inteligentes, lo que hacemos es robarlo. —El anciano lo mira. Absoluto adelanta las manecillas, un minuto, una hora, un día, una semana, un mes—. Es suficiente, probemos. —Absoluto le pone el reloj, el anciano lo mira y cae muerto, su cuerpo se desploma de la silla de ruedas y va a dar al piso.

Absoluto viste un traje negro, usa zapatos grises y un reloj dorado, no parece el mismo viejo de joroba en la espalda y grandes gafas. Ya, no las necesita, las arrugas se han vuelto piel lisa y las canas se han vuelto negras. La relojería está impecable, no hay rastros de cadáveres ni de sangre, la colección de contadores de tiempo está intacta. Sale, cierra con llave y camina por la acera solitaria. Su salón de subastas no está muy lejos. Lleva en la mano la caja cuadrada de manecillas doradas y números romanos. Espera ganar a lo grande esta noche.

Absoluto entra a la sala, y atraviesa la habitación hasta llegar al púlpito que se levanta sobre el lugar. Un murmullo general e inespecífico es lo único que se escucha, mientras avanza. Sube lentamente, desabrocha su saco y mira a la multitud. Todos guardan silencio.

Los presentes quieren comprar tiempo, lo único que puede hacerles disfrutar su riqueza. En las puertas laterales, hay guardias armados, fieles al relojero.

—Señores, hoy es la última subasta, todos saben que he cumplido mi promesa... Hasta hoy he sido un dador de vida, pero ya no puedo serlo más. ¡Guardias, procedan!

Los agentes levantan sus armas, un hombre empieza a recolectar relojes.

El Expreso Oriental

Acontecidos los años, el tren se detuvo. Paró en otro de esos miles de puebluchos con calles de tierra y viejas casas de madera. Las grandes ciudades, hacía mucho, habían dejado de existir. Sin dudas, el Expreso Oriental no era común: sin ventanas ni puertas visibles, totalmente pintado de negro, indetenible en la nieve, imparable en el desierto. La gente rumoreaba sobre enfermos de una plaga, locos abandonados o criminales peligrosos. Pero al hombre que descendió no se le vio seña de enfermedad o demencia. Jean Pierre se bajó completamente feliz. La gente de la estación lo vio atónita. Estupefactos quedaron ante el hombre de traje impecable, sombrero de ala ancha y maleta discreta que salió caminando con la cabeza en alto. Detrás, sin perder tiempo, la gran mole de hierro echó andar.

El recién llegado se detuvo en la taquilla y preguntó al empleado por el hotel del pueblo, el hombre solo atinó a señalar a la izquierda. Jean Pierre sonriente agradeció y un segundo antes de tomar rumbo hacia el hospedaje le dijo:

—Qué calor.

Del otro lado de la hoja, el escritor se dispuso a escribir una pequeña historia. Puso el lápiz sobre el papel y, con un impulso sagaz, jaló mi mano y mi lápiz. Después de meses sin palabras, los dos, a la vez, escribimos la misma pequeña historia que termina en este punto.

Lester F. Ballester (Cuba, 1998). Escritor. Licenciado en Comunicación Social por la Universidad de Las Tunas. Es ganador del concurso internacional de relato «Planeta Cuba», 2015. Mención en el II Concurso Internacional de Minicuento «Abriendo Puertas», 2015. Premio en el concurso Grafomanía en cuento, 2016, y dos veces mención en el Concurso Internacional de Minicuentos «El Dinosaurio», 2018 y 2022 respectivamente.

Tiene publicado el libro de minicuentos *Cuestión de origen* por la editorial colombiana El Taller Blanco Ediciones (2021). Es compilador y curador editorial de *La isla devorada: Antología de cuento breve cubano contemporáneo*, publicada en Colombia, en el 2023, por la alianza entre Nueve Editores (Bogotá) y Editorial Avatares (Pasto). Seleccionado para el XXIV Curso de Técnicas Narrativas del prestigioso Centro de Formación Literaria Onelio Jorge Cardoso.

Textos suyos aparecen en antologías, revistas y periódicos de España, Alemania, Francia, Polonia, Cuba, Colombia, Bolivia, Chile, Argentina y México.

ÍNDICE   Pág.

Este libro se terminó de editar
en la casa de Nueve Editores SAS,
Bogotá, Colombia,
en abril del año 2024.

El cuerpo de texto está compuesto en la
fuente *Adobe Caslon*.

Colección Indicios

www.nueveeditores.com